KB165648

식물의 취향

박기철 지음

식물의 취향

글항아리

할 말

가볍고 얇은 책

얇지만 얕지 않고

가볍지만 부실하지 않은

식물에 관한 어떤 말들에 대하여

차례

나의 어머니와 사랑하는 사람과 꽃나무들과 강아지에게

1부

하루가 파한 자리에 누워 박명薄明을 지켜보다가 문득 떠오른 말들이 있습니다. 잿빛의 음영이 사라지고 나면 생각나는 쓸쓸함과 지난밤의 부끄러움들. 새벽녘의 서늘함과 울렁거림에 관하여. 계절의 인뒤, 밤과 낮 사이의 경계에서 어쩌다 생각난 말들을 옮겨 적었습니다.

낮의 안쪽

걸음마다 귀찮게 하는 게 있어서 그걸 따라갔다. 쫓는다 해도 어쩌지 못할 거였다. 개구리나 두꺼비 아니면 맹꽁이쯤 되겠지. 그게 연못으로 폴짝 뛰어오르자 무언가 바위 밑으로 몸을 숨겼다. 확실한 건 하나도 없었다

에어컨을 끄고, 선풍기를 세게 틀었다. 아−에−이−오−우

누웠다. 더윌 먹어 앓아누웠다. 하필 남의 집에서 더윌 먹어 앓아누웠다. 간밤엔 부푼 이불을 도로 꺼냈고, 일어나 그걸 베란다에 가서 털었다. 말갛다. 잠들면 이내 멀쩡겠지. 전화를 걸어와 상태를 물었고, 벌을 받는 중이라고 대답했다

눈뜨자마자 불어난 개울에 갔다. 불안한 마음에 커다란 돌멩이 하나를 집어던졌더니 건너편 개가 크게 짖었다. 어디서 감히 근본도 없는 게. 오줌을 높이 싸고, 바닥에 떨어진 살구 몇 개를 주웠다

불구경을 갔다. 반딧불

삭혀서 얼음 띄운 게걸무와 고추장에 박아둔 마늘종을 꺼내 밥 두 공기를 비웠다. 입맛 타령은 무슨. 애가 들어선 여자처럼 입이 호사다. 밖에 나가선 파드닥거리는 것들을 물리치고 앵두를 따왔다. 이걸 한 움큼 입에 넣고 오물오물, 투두두두. 한여름이다

사무비아 꽃밭에서

식물의 취향

간밤엔 아버지로부터 전활 받았다. 트럭 적재함에 방추리에서 가져온 '끝내주는' 황도가 있으니 서울 가기 전 맛보라는 당부. 우산을 든 채 멍든 놈 하나를 빗물에 씻어 물었다. 물집 같은 과육이 입안 가득 터졌다

앙성에 가서 때를 밀었다. 수면 위로 머리만 둥둥 떠 있는 꼴이라니. 그 모습이 수박 같아서 웃음이 났다. 청풍상회에 들러 아이스크림 사진을 찍어 보냈더니 "팔자 좋은 년"이라는 답장이 돌아왔다. 여름의 일과

"당신에겐 좋은 흙냄새가 나요."

밥을 짓고, 두부를 지지고, 장조림을 찢었다. 잊지 않고 김도 잘랐다. 더벅머리 꼴에 가랑이 털이 훤히 드러난대도 우스울 것이 없었다. 다만 밀린 설거지를 두려워한다. 수박을 깨고, 씨는 풀더미 속으로 던졌다

그제 있었던 일을 생각한다. 분통이 발끈거리지만 웃을 수밖에. 쓸데 없이 자리를 고쳐 앉고, 맨드라미 같은 표정을 지어보기도 했다. 눅 눅한 수법들. 차가운 바둑돌이 있다면 거기 손을 넣고 싶다

눕고 싶다. 때를 밀고, 냉면을 먹으러 갈 생각이다

달리아가 쓰러졌다. 입추,

대야에 빠진 땅강아지를 봤다. 물속에 허우적대는 강아지 꼴이라니. 나뭇가지를 주워 그걸 꾹꾹 누르자 꼬르륵 가라앉았다 떠올랐다를 반복했다. 싫증이 나서 그러기를 관뒀다. 해서 뭐해. 찬물에 발을 씻 고, 발가락을 호호 불었다. 복숭아를 사러 갈 생각이다

주저앉은 개가 좀처럼 다리를 펴지 못하고 있다. 급한 마음에 황태포를 사다가 죽을 끓여 식혔다. 고개를 들고 허겁지겁 잘 먹다가도 밥그릇에 코를 박고 일어나지 못하는데. 거머리 같은 울음이 터졌다. 살이라도 베어 내주고 싶다

어중이떠중이, 무례하고 경박한 것들

우린 낮고 축축한 관중의 새순처럼 미련한 식탐과 타고난 게으름으로 이 계절을 견뎌냈다. 새하얀 버짐 꽃이 시들고, 넓적한 패랭이가 까맣게 부서지면 함께 어디든 떠날 생각이다

여름의 증거들

기류가 변했다

아침에 꺼내 입은 외투가 어색하게 느껴졌다. 배부르면 일찍 잠이 오
는 것도 늘었다. 이럴 때 꼭 흥분해서 싸우는 것도 마찬가지. 지난여
름의 영화를 다시 보다가 문소리의 짜증 섞인 대사에 손뼉을 쳤다.
"아, 밥 잘 먹고 왜 그래요?"

소란과 분망함으로부터 멀어졌다. 남쪽으로 내려갈수록 분명했다.
잠은 올는지. 서울에 두고 온 꽃들을 생각한다

변한 것 하나 없는 게 달라져 오란 말을 했다. 묵음으로 쏘아붙이든,
소리 나지 않는 말로 해야 했다

귓속에 꽃이 폈다. 가운을 걸친 중년은 그걸 곰팡이라 불렀다. 소실된 고막이 아마도 염증을 불러일으켰으리라. 연고를 바른 막대기가 고름의 언덕을 들쑤시고, 헤집어놓을 때마다 묵직한 바위 두드리는 소리가 났다. 하품만큼 짧은 고통이 끝나자 졸음이 몰려왔다

교수 행색을 한 남녀가 가게에 들어섰다. 종종 있는 일이었다. 질문 몇 가지를 먼저 물어 고백하는 투로 속사정을 털어놨더니, 돌아오는 말이 곡예와 같았다. "의사를 해야, 네가 살아." 선무당이었다

계절과 빛 타령이 지겨워질 때쯤 꽃을 산다. 석산화

잠만 자는 방, 밤이 오는 방, 말 없는 빈방

미안하다고 했다. 그만두자고 한 걸까. 그게 좋은 건지 어떤 건지 생
각은 안 했다. 박성신이 부른 〈한 번만 더〉 같은 소리만 하니까. 청운
동의 언덕길을 걷고 있을 때 바닥의 은행나무 열매가 그런다. 구질구
질한 것들. 양말과 모포, 내복을 사고 무화과를 두 개 씻어 먹었다.
일찍 자는 게 약이란 걸 안다

말 없는 이유에 대해 아무 말도 하고 싶지 않다. 부질없는 형편들. 호
들갑과 냉소와 경멸 사이에서 나는 좀 빠지고 싶다

구역이 나는데 보름 때문이라 여겼다. 달이 차면 불면하는 날이 많
았다. 매 맞는 여자의 술상을 받고, 신병을 앓던 남자의 노랠 따라
불렀다. 익숙한 살들이 곡하는 소리, 비문 섞인 몸짓들. 락스 냄새 나
는 베개에 얼굴을 묻고, 시뻘건 상사화를 생각한다

『설국』*을 마쳤다. 백화등白花藤이 목덜미를 간지럽히고 있을 때였다

---

* 가와바타 야스나리의 장편소설

밤의 바깥

세탁기 돌아가는 소리에 또 잠이 들었다. 섬유유연제 넣을 땐 정말 일어나기 싫어. 기어코 빨래가 끝난 후에야 잠에서 깼다. 헹굼-탈수 버튼을 다시 누르고 물이 차는 동안 비단풀과 개똥쑥 한 줌을 주전 자에 넣고 끓였다

한참을 붙어 선 가게 앞에서 괜한 싫증이 났다. 지고지순한 것들. 바람에 유난히 잘록거리는 꽃나무 밑동 하나를 잘랐다. 이제 좀 낫군. 곡진해 현기증이 날 지경이었다. 손을 씻고, 새로 산 향수 몇 가지를 등 뒤로 뿌렸다. 순대와 돼지 부속물 생각을 한다

무너지기 시작한 산이 있다. 방관하는 숲이 있다

식물의 취향

운전은 밤에 했다. 습관적이었다. 풍경 없는 도로에서 생경한 이름들을 마주하고, 눈을 떴을 때 이불 속에서 다른 냄새가 나는 것이 좋았다. 싫으니까, 외롭다 말하지 않았다. 그럴수록 나는 더 먼 곳으로 갔다

난을 들였다. 좋은 리듬을 갖게 됐다

누군가가 귤 한 줌을 버스 기사에게 주고 내렸다. 나만 아는 두 사람 사이의 비밀. 귤의 배꼽처럼 귀여웠다

운수 좋은 날

생색과 타령이 넘쳐난다. 염병하는 망령들

귓불이 발갛게 얼어버린 무명이 밖에 서 있다. 손가락 두 마디보다 짧은 담배를 입에 물고, 검게 물든 지문이 차가운 시늉을 할 때마다 수염은 덤불처럼 부풀어 올랐다. 날숨은 좀더 형편없었다. 생계를 책임지던 묵묵한 두 손은 언제부터 굳어졌는지. 그에게 할 말이 없으므로 구석에 있던 사초 잎이나 어루만졌다. 참견 말 것. 사추리 긁던 남자는 급히 어디론가 사라졌다

네 시에 저녁상을 받았다. 외할머니 댁

깼는데 모르는 냄새였다. 밤에 먹었던 홍시의 것도, 한 시간에 이천 원어치를 태우는 향초의 그것도, 코끝에 남아 있는 옆 사람의 침 냄새도 아니었다. 친애하는 백서향이 꽃을 피웠다

식물의 취향

배터리가 남아 있는 만큼 새로운 대화를 더듬어보고 가끔은 다른 냄새를 가지고 돌아온다. 내 것이 아니므로 돌아와 씻고, 지우려 새로운 바디밤을 고른다. 싫다. 칫솔에 뭐가 낀 것처럼 다 싫다

하늘엔 우주가, 발아랜 차가운 목숨이 서걱거리는 눈 오는 밤, 표독스런 밤 그리고 밤

동백에 꽃이 폈다가 금세 졌다. 실은 봉오리가 벌어지자마자 그걸 떼어버린 게 맞다. 얼마나 갈까, 시들면 또 어떡해. 어떤 식이든 자르는 건 그저 쉽고 간단했다. 세상에 예쁜 건 넘쳐나니깐 다른 걸 들이면 그만이었다. 모든 연애를 이렇게 망쳤다

능수매를 봤다. 꽃은 내일부터 핀다는 그 말이 "봄은 내일부터예요" 처럼 들렸다

이월의 호사. 올괴불나무

말해, 말아 맴도는 말. 할까 말까 생각하는 말. 누우면 아무 말 없는
말. 더럽고 야한 말. 석류의 말

매화를 보고 싶다. 붉은 것이면 좋겠다

꽃이 폈다. 커튼 사이로 빛을 경모한 영춘화의 것이다. 황색 무취. 노
란 꽃이 지면 민쩔레와 미선나무가 나를 또 기쁘게 해줄 것이다. 하
나의 화기에 세 가지를 식재한 까닭은 이렇게 곁에 두고 오래 보기
위함이다

대답: 예쁜데, 향이 없는 사람. 무향無香인 사람은 없겠지? 체취 같은 거 말고. 그건 좋을 때가 많으니까. 그 사람에게서 삼십 분 전에 먹던 음식이나, 세탁하지 않고 처박아놓았다가 꺼내 입은 작년 겨울의 니트, 아니면 묵은 집 안 냄새가 난다면 그냥 너무 싫을 거 같아서. 그냥 무슨 냄새라도 났으면 좋겠어, 향수든 뭐든. 그 비릿한 바람 냄새 같은 거 말고

야한 생각을 하면 재채기를 하는 나는 오늘도 그 속마음을 들켜 조금 누웠다가 간다

엄마에게 간다. 가서 혼자 떠든다

어디서, 왜 나타났는지 모를 일이었다

장화를 신고 숲에 들어섰다. 수업에 필요한 진달래 가지를 꺾기 위해
서다. 가져온 술이 모자라니 전지剪枝할 때는 속삭여 예를 갖춘다

꽃도, 그걸 기다리는 마음도 가장 아름다운 시간. 마삭줄

음지의 사물들

엄마는 지금 어느 경계 안에 계실까. 진달래가 시들하니 복사꽃을
꺾어갈 요량이다

식물의 취향

점 하나가 벽에 찍혔다. 문밖에서 날아와 붙었으므로 나의 뜻과는 달랐다. 아직 할 말이 많은데. 엄지와 교접한 목숨은 다른 점 하나를 남겼다. 나방의 일생

움파 한 줌을 얻었다. 끓이고, 지지고, 볶고, 쌈을 쌀 거다

생강나무에 노란 게 반짝이기에 그걸 꺾었다. 육박질린 계절은 영문도 모른 채 주춤거렸다. 알싸한 꽃잎은 금세 말랐다

올괴불나무 잎을 만졌다. 보드라운 녹색 융단 같은 것. 말랑한 그 솜털은 이제 막 콧수염이 나기 시작한 남자아이의 인중 같았다

빛의 서술이 알고 보니 비문非文이라는 소문이 들렸다. 목숨은 시커멓게 약이 올랐다. 착각은 격렬한 시위와 같았다. 봄의 단풍

2부

자귀나무

늦은 오후 작은 극장의 뒤뜰, 질퍽하고 경사진 그 길에 나는 허브향이 좀 신선했다. 하필 그 시간에 음식이 나오는 영화를 본 게 실수였다. 침을 꿀꺽꿀꺽 조용히 삼키느라 (그것도 나누어 삼키느라) 정신이 하나도 없었기 때문이다. 마치 새하얀 스크린에 커다란 내 목젖이 미친 듯 흔들리는 게 보일 것만 같았다. 대신 주머니에 아직 꺼두지 않은 전화기가 조심스럽게 흔들렸다. 그 시간에 그 사람에게서 전화가 오는 건 "나 지금 퇴근했어요, 만나서 같이 저녁 먹을까요, 지금 어디예요?"나 마찬가지니깐 나는 지금 내 머리통이 스크린에 비치거나 말거나, 옆에 앉은 여자가 팔짱을 끼고 어정쩡한 자세로 혼자 짜증을 내거나 말거나, 그러니깐 "잠시만요, 죄송합니다" 할 것도 없이 그냥 나갔다. 그래서 누군가가 내 뒤통수에 "저 새끼, 미친 거 아니야"라고 중얼거리거나 말거나.

멀리서도 보인다. 기다랗고 하얀 그 손이, 작은 그 입술이, 불안한 그 걸음걸이가 나를 하얗게, 작게, 불안하게 만드는 그 사람이 맞다. 태평하기엔 너무 시끄러운 광화문의 식당에서 우리는 맥주 한 잔도 시키지 않고 꼭 점심 백반 3종 세트 같은 것만 골라 시켜서 조용히 밥만 먹었다. 어차피 말을 해도 잘 들리지 않을 테니깐. 우리는 그런 소음에 어울리지 않는 사람이었다. 나는 작은 거, 그 사람은 큰 사이즈의 음료를 얼음까지 다 씹어 먹고 나면 다음은 집에 가는 시간이다.

버스는 꼭 우리가 횡단보도 앞에 서 있을 때, 우리 앞을 쌩-하고 달려 저기 길 건너 빨간 신호등 앞에 손님을 먼저 태우고 있다. 거기 손님은 다음 거 타세요 하면서. 우리 신호가 바뀌고, 걸어가면서 나는 "탈까요, 말까요?" 초조하게 물어보다가 결국엔 뛰어간다. 그러고 나면 버스는 한참 있다가 출발한다. 꼭 이럴 거면서.

가만히 가방 아래로 손을 잡는다. 이게 제일 좋다. 이따금 내가 손가락으로 옆 사람의 손바닥을 문지르거나, "좀 덥죠?" 하면서 머리를 쓸어주고 나면 그 사람 머리 냄새가 내려온다. 자귀향 같았다.

생일

두 남자가 소나무 숲을 나란히 걷고 있었다. 그들은 '행복하게도' 한 여자를 사랑했는데 그럴 수밖에 없었던 건 우연이 아니라 단지 숙명 같은 거였다. 행복했던 건 바로 그 때문이기도 했다. 그녀는 생두부 같은 새하얀 피부에 단정한 파마머리, 마음이 여리고 깡마른 몸을 가진 여자였다.

"그녀를 잃었을 때 단순히 그 사실을 잊어야 한다고 생각했지. 혼자서 견뎌야 했기에 나는 무엇이든 해야만 했어." 조금 앞서 걷는 남자가 얘길 먼저 꺼내기 시작했다. "그래서 여길 만든 거야. 한 그루, 두 그루 그렇게 소나무만 갖다 심었지. 정신을 차려보니 어느새 숲이 되어 있더군." 햇볕에 그을린 까만 얼굴엔 주름이 가득했고, 깃을 세운 지저분한 남자의 셔츠 주머니엔 언제나 그렇듯 독한 담배와 라이터가 들어 있었다. 색이 빠지고 무릎이 늘어진 면바지엔 늘 기름때가 묻어 있었고, 검은색 구두는 항상 구겨 신는 걸 남자는 좋아했다.

또 다른 사내가 조심스럽게 말을 이었다. "내겐 오늘이 바로 그녀를 처음 만났던 날이기도 해요. 그때 난 감정이 북받쳤는지 그녀의 얼굴을 보자마자 울기 시작했는데 너무 울어서 그랬는지 몰라도 눈을 제대로 뜰 수가 없었어요." 남자의 입꼬리가 괜히 씰룩거렸다. "웃긴 건 그때 내가 왜 울었는지 전혀 기억나지 않는다는 거예요. 기억나는

식물의 취향

건 그녀의 눈에도 내 것과 같은 것이 흘렀는데 그 느낌이 굉장히 아름다웠고. 마치 오래전부터 알고 있던 사이처럼 느껴졌어요. 그날 우린 그렇게 계속 울기만 했어요."

"눈도 못 뜬 갓난아기가 뭘 알겠어." "하긴." 부자는 소나무 숲을 한 바퀴 더 크게 돌았다.

여름

잠을 못 잤다. 몰아 마신 커피 탓도, 다시 시작한 운동으로 인한 근육통 때문도 아니었다. 기다렸던 '여름'이 올 것만 같아서다. 계절 타령을 하려는 건 아니다. 오래전 미리 지었던 이름에 관한 얘기다.

꿈속에서 여름은 사진 속에서만 봤던 강아지의 모습 그대로였다가 때로는 물고기처럼 보이기도 했다. 부르면 오지 않고 계속 멀어졌다. 그렇게 따라만 가는데 하필, 물고기 모습이었을 때 내 손에 들어왔다. 당황한 나는 물고기-여름을 안고 하천으로 뛰어갔다.

숨을 쉴 수 있게 해줘야겠다는 생각밖에 없었다. 내 숨은 고를 여유도 없이 여름을 물속에 넣어줬다. 조금씩 움직이던 여름은 이내 내 손에서 다시 멀어졌다. 물 깊이가 허리춤까지 찼을 때, 그러니까 여름이 점점 깊이 헤엄쳐 보이지 않게 될 때쯤 나는 따라가는 걸 멈췄다. 슬펐지만 다행이라 여겼다. 입양 담당자로부터 유기견 여름이 충주의 낚시터에서 발견됐다는 얘길 들었을 때 간밤의 꿈에 대하여 다시 한 번 생각해봤다. 강아지 여름이 물고기로 보였던 이유에 관하여. 오랜 얘길 나눴고, 신중하게 서로에 대해 알아갔다. 비가 내리자 확실해졌다. 물과 물고기, 강아지와 여름. 태몽 같은 우스운 얘기라고 생각했지만 그런 여름이 내게 왔다.

눈

빌딩 관리자 한 분이 조용히 가게 문을 두드렸다. 가벼운 부탁 하나가 있으니 잠시 시간을 낼 수 있는지 물었다. 좀처럼 볼 수 없는 선량함이었다. 그는 짜증과 고함의 이미지로 각인된 사람이기 때문이었다. 따라간 곳은 뜻밖에도 건물 앞 주차장이었는데 차 안에 운전자가 남겨둔 연락처가 보이지 않으니 대신 봐달라고 한 것이 그가 하려던 부탁이었다. 운전석과 조수석 사이에 손전등을 비추자 반짝이는 작은 명함 하나가 눈에 띄었다. 번호는 보기 힘들었다. "어휴, 직함과 이름은 대충 보이는데 그걸 내가 알아 뭐하겠어요. 전화번호는 또 왜 이렇게 작게 써가지고. 한 번만, 이거 한 번만 봐주시겠어요?" 운전석 사이드미러 앞에 어정쩡하게 서서 왼손으로 차량 보닛 위를, 오른쪽 손으로 차량 앞 유리를 짚은 내가 말했다. "공, 일, 공, 사, 땡, 땡, 칠에……" 가만히 듣고 있던 관리자는 말을 끊고 고함을 질렀다. "아이고, 잠깐만요, 사장님. 김씨! 휴대전화…… 그 휴대전화… 당신 휴대전화 그것 좀 가져와봐!" 그는 다시 신경쇠약 직전의 남자로 돌아왔다. 자리에 앉아 있던 김씨가 본인의 휴대전화를 찾지 못하고, 그걸 지켜보다 참지 못한 관리자가 저 멀리 관리실로 뛰어갔다 돌아오는 동안 나는 잠시 허리를 폈다. 주차장 옆 운현초등학교 운동장의 굽은 버드나무가 눈에 들어왔다.

식물의 취향

"번호 그거 아까 팔, 땡, 땡, 육에 뭐라고 했죠?" 이 작은 소란을 미안하게 여긴 듯, 애써 조금 전에 불러줬던 번호를 마치 외운 듯 말하는 관리자는 본인의 무례함을 무식함으로 바꿔 물었다. 나는 다시 재주 부리는 신체를 하고 말했다. "팔, 땡, 땡, 육 아니고 사, 땡, 땡, 칠에…… 일, 삼…… 아니 하나, 삼, 둘, 오번이요."

김씨가 뒤늦게 휴대전화를 찾아 걸어오는 동안, 관리자가 통화 버튼을 누르고 차량 운전자에게 온갖 역정과 짜증 섞인 목소리를 전하는 동안, 애크러배틱 체조를 멈추고 내가 다시 일층 백일 호 박 사장으로 돌아왔을 때 차량 블랙박스는 깜빡거리며 우리 세 사람을 지켜보고 있었다.

이발

머릴 잘랐다. 당연히, 정확하게는 머리털을 잘랐다는 말이 맞다. 머리의 털은, 그러니까 머리카락은 언제부터 머리의 일부분이 된 걸까? "나 오늘 머리 잘랐는데 어때?"라고 물으면 "머릴 잘랐는데 어떻게 살아남아서 움직이고, 말을 해?"라고 되묻던 옛 애인 생각이 났다. 끔찍한 그 말은 귀여웠다.

일주일에 한 번, 머리에 자꾸 손이 가면 그날 저녁은 욕실에 가서 머릴 잘랐다. 그건 매번 일 퍼센트를 만족시켜주지 못했던 미용사의 실력 탓도, 자주 가게 되면 혹은 그런 단골로 만들기 위해 솜씨 대신 끝나지 않는 말로 얼버무리는 그들의 그 어떤 느슨함도, 그러니까 애인과 미용실은 자주 바꿔주면 좋다는 친구의 말 때문도 아니었다. 머릴 자르고 사흘 뒤가 가장 예쁘다는 누군가의 말도, 그래서 그 사흘 뒤의 모습을 매주 계속해서 유지하고 싶은 욕심도 아니었다. 나는 단순히 머릴 자르는 그 느낌이 좋았다.

서걱서걱, 싹둑싹둑. 머리카락이 잘려나가는 이 비명을 어떤 말로 표현해야 좋을까? "머리카락이 어떻게 말을 해, 소릴 질러?"라고 쓸데없이 누군가가 또 물으면, 그건 가위에서 나는 소리였다고 대답해야겠지. 나는 단순히 머리카락이 잘려나가는 기분도 좋지만, 무엇보다 내 몸에서 지금 가장 쓸모없는 것들이 떨어져 나가는 그 통쾌함이

식물의 취향

너무 좋았던 것이다. 미용실에 가는 날이면 꾸벅꾸벅 조는 날이 많았던 것처럼.

나에게서 필요 없는 것들. 오줌과 똥처럼 인간이 자연스럽게 배출하는 욕구와는 다르게 내 의지로, 혹은 억지로 잘라버리는 그 어떤 행위가, 심지어 그 느낌조차 좋았을 때 나는 늘 만족스러워했다. 자위와 같았고, 때를 밀 때와 비슷했다. 반대로 머리 한 줌이 없던 시절에, 주먹만 한 원형 탈모가 뒤통수의 삼분의 일을 메우지 못하고 커다랗게 구멍을 냈을 때 생겼던 스트레스보다, 아직 떨어져 나가지 말아야 할 것이 사라졌을 때 나는 조금 더 괴로워했다. 잎과 가지가 무성한 작업 전의 등나무 한 그루를 앞에 두고 어떤 걸 먼저 자를지 고민할 때에도, 연말이 되면 자연스럽게 떨어져 나가는 사람들과의 관계를 지켜보면서 나는 기쁘고, 슬펐다. 이발했다.

사루비아

'가장 좋아하는'처럼 어렵고, 불확실한 말이 또 있을까? 누군가로부터 "가장 좋아하는 음식이 뭐예요?"와 같은 물음을 들을 때면 나는 늘 엄마가 만들었던 국과 반찬이라고 뭉뚱그려 답했다. 어떤 날은 아욱국이라고 했다가, 청국장이었던 날, 제사 때 먹는 탕국이라고 말한 적도 있었다. 최근엔 남이 만든 밥상이라고 한껏 멋을 냈다가 웃긴다는 욕만 얻어먹었다. 명확하게 굳어진 개인의 입맛이나 취향에 관계없이 상황에 따라, 그때의 기분에 따라 변하는 불확실한 이 질문은 엄마가 좋은지, 아빠가 더 좋은지처럼 그저 웃기는 소리같이 들렸다. 그럼 '가장 좋아하는' 앞에 '지금'이란 말을 붙여 시간을 조금 한정 지으면 생각이 좀더 확실해질까? 김사인 시인의 시집 제목*처럼 '가장'을 빼고, '가만히'란 말을 더하면, 이 말은 또 얼마나 낭만적인지.
"가만히 좋아하는 음식이 뭐예요?"
질문을 바꿔 "가장 좋아하는 꽃이 뭐예요?"라고 누군가 묻는다면 나는 '지금'을 붙이지 않고, '가장'을 빼지 않고, '가만히'를 더하지 않고도 확실하게 대답할 수 있을 것 같다.

---

*『가만히 좋아하는』

식물의 취향

여보, 당신, 자귀

"어휴, 지겨워. 저기 저 촌스럽게 생긴 것들 좀 봐." 그녀는 노골적으로 창밖에 보이는 모든 것을 힐난하는 것으로 그날의 일과를 시작했다. 마치 지금까지 늘 그랬던 것처럼. "천박한 저 얼굴 꼬락서니 하고는." 나는 그녀가 이토록 무례할 것이라고는 상상도 하지 못했다. 할 말을 애써 안으로 감춘 표정을 하고, 그녀의 불평이 한시라도 빨리 끝나길 바라는 게 내가 할 수 있는 유일한 일처럼 느껴졌다. '콩깍지가 씌었다'는 말은 아마도 이럴 때 쓰는 것일까? 가만히 생각해보면 우리가 처음 만났을 때도, 지금처럼 조금 더 가까운 사이로 발전했을 때에도 그녀의 태도는 전혀 달라진 게 없어 보였다.

"잘생긴 쪽은 아니신 것 같아요." 몇 해 전, 경기도 의왕의 백운호수 앞에서 그녀를 우연히 마주쳤을 때 당황한 나를 앞에 두고 그녀가 처음 꺼낸 말이었다. 당돌했다. 황당하고, 예의가 없었지만 틀린 말은 아니라고 생각했기에 실은, 어떤 말을 내게 먼저 건넸는지도 모른 채 나는 그저 "그래요. 네, 맞아요"라는 말만 연신 되풀이했다. 눈이 마주치면 모든 걸 돌로 변화시키는 메두사의 눈처럼, 그녀의 입술이 벙긋거리면 세상의 모든 말과 문장이 머릿속에서 사라지는 요술 같았다. 요물이었다.

이런 요망스러운 그녀가 매력적으로 다가온 건 단순히 그녀에게서 뿜

어져 나오는 아름다운 외모 때문이기도 했지만, 남들에게서는 볼 수 없는 그 어떤 선량함이 누구보다 먼저 느껴졌기 때문이다. 아무 생각 없이 내뱉는 듯한 그 상스러운 말들은 둘 이상 모이면 용감해지는 어린 중학생 무리와 같이, 진한 화장으로 나이를 속이고 싶어하는 비행 청소년처럼, 빨리 어른이 되고 싶어 안달이 난 사회 초년생의 복장과 같이 어색했지만, 그 속에는 공통적으로 어떤 순수함 같은 게 보였다. 그녀는 누구보다 정이 많았다. 이따금 나를 부를 때 "여보~옹" 하면서 혀 짧은 소릴 내면, 나는 혀를 차면서도 "왜요, 당신?"이라고 무심히, 그러나 다정하게 답했다. 관심 없는 듯 대하는 게 그녀와 나 사이에 옳은 일이란 건 꽤 오랜 시간이 지난 후에야 알게 됐지만. 낮보다 밤에 조금 더 사랑스러워 보이는 건 단지 음탕한 성애와 달리, 하루 종일 씩씩거리던 그녀가 유일하게 조용히, 몸을 웅크린 채, 어떤 경박스런 말도 하지 않고 내 옆에 꼭 붙어 잠을 청했기 때문이다. 그 모습이 예뻤다. 풀이 죽은 여자아이처럼, 풀섶에 앉아 지친 몸을 가라앉히는 나비처럼 그저 말없이 돌봐주고 싶은 강한 부성애 같은 걸 느꼈다. 실은 조금 더 잘 해주고 싶은 마음뿐이다. 늘 이렇게 쩔쩔매는 나를 발견하면서.

아침에 그녀가 눈을 떠 제일 먼저 힘없이 늘어진 몸을 다시 부풀리고 나면, 물 한 잔 가득 건네는 내가 묻는다. 어제보다 조금 더 다정하게. "자귀,* 잘 잤어?"

---

* 자귀나무

흥천사興天寺 석탑을
시계 방향으로 돌면서

합장을 하고.

1.

오랜만에 들렀습니다. 절 외곽 길을 따라 근처에 산책로가 생겨 매일 아침과 저녁에 늘 지나치지만, 탑을 돈 건 시간이 꽤 지난 일이기도 합니다. 거두지 못하고 바닥에 터져버린 연감 위로 개미 떼가 모여든 광경을 지켜보다가, 문득 이곳이 떠올라 찾아뵙습니다. 자주 오지 못하고 무언가 바라고, 원하는 게 있을 때만 들리는 건 저의 욕심이 아닐는지요. 그저 분수에 맞게 지금 상황에 만족하고, 속절없이 사는 게 옳은 일일까요?

땅으로 돌아가신 어미의 안부를 먼저 묻습니다. 건너가, 닿으신 곳마다, 흘러가는 데로. 무탈과 극락왕생을 축원합니다.

2.

사랑하는 가족과 친지, 친구들의 건강을 발원합니다.

식물의 취향

3.

함께 따라오는 이의 건강과 그 품의 작은 강아지를 가엽게 여기시고, 어떤 날 서로 다른 뜻과 범연함으로 곁에 아무도 남지 않는대도 가만히, 변함없이 돌봐주소서.

옆머리 한 줌이 빠진 일에 관하여, 털어놓지 못한 욕심과 부끄러움과 질시와 복통을 잊게 하소서.

나무아미타불 관세음보살, 나무아미타불 관세음보살, 나무아미타불 관세음보살, 나무아미타불 관세음보살, 나무아미타불 관세음보살, 나무아미타불 관세음보살.

토사곽란

간밤에 배가 끓었다. 탈이 난 것이다. 퇴근 후 오랜만에 들렀던 잔술집에서 이것저것 섞어 마신 것이 화근이었다. 'OO 천국'식의 싸구려 안주가 긴 밤의 지옥이 될 줄은 상상도 하지 못했겠지. 기쁘고, 들뜬 마음으로 반찬가게에 들러 온갖 것을 사다가 두 번째 저녁 식사를 더 한 것도 문제였다. 퇴근 후 통닭을 사오시던 아버지의 마음이 바로 이런 것이었을까? 상을 물리고 찬바람에 산책하러 다녀온 것은 또 얼마나 가볍게 생각한 일이었는지. 속이 무겁게 느껴지자마자 욕실로 달려가 배 속의 불편한 것들을 모두 게웠다.

의지와 상관없이 숨을 참고, 먹고 마시던 것들이 역순으로 입 밖으로 빠져나오는 걸 힘없이 지켜보다가, 배설하는 곳에 먹던 것을 쏟아내는 이 모든 역설이 역겹다가도, 속만 편안해지면 그만인 듯 쓰디쓴 위산과 콧속의 이물감이 어서 빨리 사라지기만을 기다렸다. 역류가 끝나자 이번엔 설사가 시작됐다. 전생에 나는 무슨 죄를 지었을까? 자릴 고쳐 앉자마자, 항문에서 서러운 곡소리가 들렸다. 설사는 중력과 같았다.

새벽 두 시, 따뜻한 물에 매실청 넣은 걸 마시고 겨우 잠이 들었다. 아침에 눈을 떴을 때 배가 고팠던 건 얼마나 민망하고 우스웠는지. 배탈에 굶어야 좋다는 건 다른 나라말 같았다. 위산의 맛은 양치질

을 해도 쉽게 지워지지 않았다. 전생에 지은 죄를 씻으려 칫솔을 깊

숙하게 넣을수록 헛기침 비슷한 욕지기가 올라왔다.

수업이 있는 날, 식물을 죽이는 가장 큰 이유에 대해 설명하다가 지

난날의 토사곽란吐瀉癨亂 애길 꺼냈다. 과영양過營養과 과습過濕에 대하

여. 수업은 쉽게 끝났다.

#등나무작업과정

분재 1세대 선생님들께 화기를 공급하던 도예가의 작품 하나를 얻었다. 그릇을 예우하는 마음으로 기세가 좋은 등나무 한 그루를 옮겨심었다. 뿌리와 그릇 사이에는 철사를 감아 고정시켰다.

2016년 3월 3일

등나무 중심에 산만하게 뻗어나간 가지 몇 가닥을 잘라 전체적인 형태를 잡았다. 마른 잎들과 정면에서 봤을 때 겹쳐 보이는 것들을 잘라냈다. 여백을 두기도 했다. 전지를 끝내자 형광빛 새잎들이 빠르게 자라기 시작했다.

2016년 3월 18일

흙의 종류와 비율을 바꿔 새잎을 기존의 것보다 비정상적으로 크게 만들었다. 쭈글쭈글한 잎이 펴지고 단단해지려면 좀더 기다려야 한다. 등나무 특성에 맞게 가지가 좀더 우악스럽게 자랄 때, 동시에 잎의 무게 때문에 전체적인 수형이 선반 아래로 자연스럽게 흘러내리면 중앙의 잎들을 보기 좋게 다듬어줄 생각이다.

식물의 취향

2016년 4월 19일

잎이 펴지는 속도가 생각보다 더디게 느껴졌다. 이상적인 광합성을 위해 (직사광선을 피해) 밖에 잠시 두기로 했다. 말라버린 기존의 잎들을 자르고, 다른 가지에 복잡하게 얽힌 것들을 조심스럽게 풀어줬다.

2016년 7월 16일

두 시간 정도 비를 맞게 했다. 오늘 같은 날 밖에 둬서 좋은 건 비(물)를 맞히기 위해서라기보다 이상적인 통풍이 가능하기 때문이다. 이제 제법 선반 아래로 정신없는 가지들이 쏟아지기 시작했다. 처음 생각과 다르게 균형이 틀어진 몇몇 굵직한 가지들은 좀더 다듬었다. 아름답지만 늘 미완성이라 여긴다.

일

아버지의 장작 패기는 늘 나의 것보다 가벼웠다. 평평한 바닥에 밑동이 고른 통나무 하나를 세워 툭-하고 내리치면, 어떤 것이든 쩍-하고 쉽게 갈라졌다. 반면, 쉽고 가벼울 것이라는 패기와 다르게 나의 도끼질은 언제나 퍽-하는 둔탁한 소리를 냈고 칼날은 비웃음과 함께 지문 속에 묻혔다. 마치 넌 어림도 없다는 듯이. 단순히 힘이 모자란 걸까? 어쩌다 뾰족한 칼끝이 아슬아슬하게 나무껍질을 비껴가거나, 도끼를 너무 세게 휘둘러 손잡이라도 부러지는 날엔 그날 할당량이 채워질 때까지 잔소리 듣는 건 물론, 무거운 나무토막을 세우고 쪼개진 장작을 주워 모으는 허드렛일만 해야 했다. 그냥 사서 쓰면 될 걸. 지루하고 위험한 이 시간이 귀찮고, 못마땅하게 느껴질 때마다 아버지의 부사수 역할을 하는 날이 많아졌다. 조수석에는 언제나 불평 소리가 들렸다. 아버지는 지난여름에 폭염으로 말라버린, 그래서 회복이 불가능한 갈참나무나 아까시나무 그리고 소나무처럼 땔감으로 쓰기 좋은 것들을 미리 봐두었다가 거두기를 좋아했다. 꼭 필요한 만큼만 쓰러트렸고, 멀쩡한 나무를 베야 할 때는 막걸리 한 병을 챙겨 산에 올랐다. 너무 말라 속이 가벼운 것들은 불쏘시개 정도로만 사용했고, 수분이 많은 것들은 마르기를 기다렸다가 이듬해 겨울에 사용했다. 적당한 것들을 섞고, 기다리기를 반복했다. 장작을 펠 때

식물의 취향

는 도끼를 잡은 두 손에 힘을 뺐다. 대신 칼끝이 나무토막의 중앙에 꽂히는 데에만 온 신경을 집중했다. 그럴수록 아랫목은 새카맣게 타올랐다.

그저 적당한 때와 순서를 기다리는 일, 무엇보다 힘을 빼는 일에 대하여. 중요한 미팅을 앞에 두고 아버지의 도끼 한 자루를 생각한다.

개나리

아침에 눈뜰 때 알람이 필요하지 않은 건 오로지 윗집 탓이다. 덕이라 말하지 않은 건 억지로 잠을 깨는 날이 많아서다. 윗집엔 피아노를 치는 여자와 비염이 심한 남자, 집안일을 돌보는 남자의 어미, 남녀 사이에서 태어난 드럼 치는 아이, 그리고 나이 많은 강아지—요크셔테리어 '나비'가 산다. 녀석의 이름이 나비라는 건 여자가 매일 아침 "나비야!"라고 고성을 지를 때 알게 됐고, 견종이 요크셔테리어인 건 결국 그 집에 한번 찾아갔을 때 목격한 것이다. 그 이른 시간에 나를 일어나게 하는 건 개 짖는 소리가 아닌, 그녀의 육성이라고 말해야겠다. 그건 늘 괴성에 가까웠으니까.

매일 아침, 하염없는 외침이 들릴 때면 나는 그녀가 단순히 잠을 더 자고 싶어서 그런 것인지, 행여 주변 이웃들에게 실례가 되지 않을까 해서 걱정한 것인지 정확히 알 수 없었지만, 잦은 주민 신고에도 개가 짖는 상황이 전혀 나아지지 않는 걸 보면 아마도 잠을 더 자고 싶어서 그런 게 아닐까 추측만 해볼 뿐이었다. 그 외침은 오직 침실 쪽에서만 들렸고, 침대에 누워 입만 떠드는 소리 같았기 때문이다. 그녀는 조금 더 적극적으로 개를 달래줘야만 했다. 이불 속에서 일어나, 녀석 앞으로 다가가, 좀더 다정하게.

주민 신고는 꼭 개 소리 때문만은 아니었다. 피아노를 치는 여자가 최근 트럼펫으로 악기 종목을 바꿨다는 것과 비염이 심한 남자의 취미가 셀프 인테리어라는 것, (비염이 유전이라면) 그 유전자를 물려준 어미가 일주일에 두 번 이상 바닥에 앉아 무언가를 정신없이 빠는다든가, 드럼 치는 아이가 박자감도 없는데 밤 열두 시까지 그 망할 것을 두들긴다는 이야기는 생략하기로 한다. 그들의 사운드는 언제나 형편없이 들렸고, 그저 '아티스트 콤플렉스에 취한 얼빠진 패밀리 그룹'처럼 보일 뿐이었다.

어떤 날, 매일 반복되는 아침의 일과가 지겹다가도, 개가 일정한 시간에 짖는 게 신기하다고 생각한 일이 있었다. 물론, 근본적으로 나비가 짖는 이유가 궁금하기도 했다. 밤새 배가 고팠던 걸까? 물통에 물이 다 떨어진 건 아닐까? 아니면 오줌이 마려운 걸까? 똥을 싸고 싶은데 게으른 그녀가 배변 패드를 한 번도 갈아주지 않았던 걸까? 이렇게 하나둘, 여러 생각이 교차할 때 나의 강아지 '여름'이 가만히 창밖을 보고 있던 게 떠올랐다. 그럼 혹시 창밖에 있는 무언가를 보고 짖는 건 아닐까? 아니나 다를까, 개 소리가 들리자마자 침실 옆 커다란 창문 밖을 보니 누군가 아파트 옆 좁은 비탈길을 걷고 있었다. 담장 위로 가지만 앙상한, 길게 늘어진 개나리 덤불이, 마치 그 아래를 걷는 사람들을 집어삼키고 있는 것처럼 보였다. 행인이 걸음을 옮길 때마다, 나비의 울음소리는 커졌다.

나비는 창밖에 있는 모든 것을 경계하는 것 같았다. 그 본능이 강해진 건 아마도 집 안에 오래 머문 탓일 것이다. 이곳에 살면서 나비가 산책하는 건 단 한 번도 보지 못했으니까. 외출을 전혀 하지 않았으니 경계나 보호 본능 또한 심해졌을 것이다. 가엽고, 불쌍한 나비. 밖을 보는 게 유일한 즐거움이자 두려움이라니. 측은한 생각이 들었다. 매일, 비슷한 시간에 개가 짖었던 건 그 시간에 그 길을 걷던 사람들이 아마도 등교하는 학생이거나, 출근하는 직장인이기 때문이었으리라. 나비는 언제쯤 이 울음을 그치게 될까? 잎이 차고, 노란 개나리 꽃이 활짝 피려면 좀더 기다려야 한다.

3부

장면에 관하여

식물의 취향

식물의 취향

식물의 취향

식물의 취향

식물의 취향

식물의 취향

식물의 취향

식물의 취향

식물의 취향

식물의 취향

식물의 취향

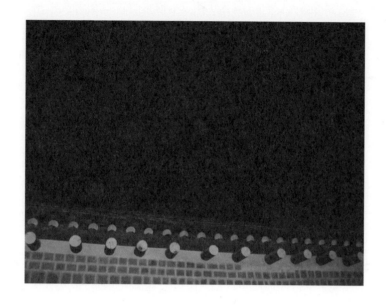

식물의 취향

식물의 취향

식물의 취향

식물의 취향

식물의 취향

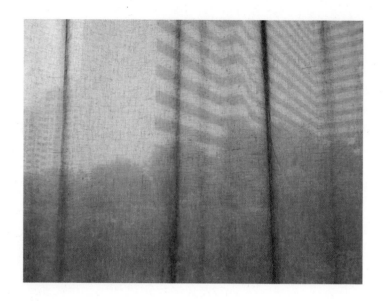

식물의 취향

식물의 취향

식물의 취향

식물의 취향

식물의 취향

식물의 취향

식물의 취향

식물의 취향

식물의 취향

식물의 취향

식물의 취향

식물의 취향

식물의 취향

식물의 취향

식물의 취향

식물의 취향

식물의 취향

식물의 취향

　　　　　　　　　　　　　　　　　　　　　　식물의 취향

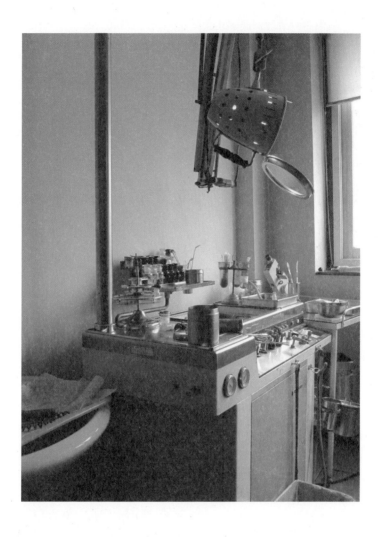

식물의 취향

식물의 취향

멀고도 가까운 풍경

"발에 밟혀 부러지는 나뭇가지처럼,
멀리서 들려와 놀라게 하는 해오라기의 울음처럼,
갑자기 내려앉은 공터의 정적처럼."
– 발터 벤야민, 『베를린 연대기』 중에서

정보화와 증강현실은 우리에게 기계 문명이 선사할 엄청난 미래가 조금씩 더 가까워지고 있다는 신호를 보내지만 이로 인해 인간의 감각은 자연과 점점 더 멀어지는 듯하다. 사실 일상에서 발견하는 자연이란 알고 보면 인간에 의하여 조성되고 주조된 상태다. 알다시피 인류는 문명을 이용해 자연을 활용하는 방법을 발전시켜왔다. 그중에서도 원예술은 문명 속에 자연을 이식하는 기술이자 자연의 가치를 극대화한 예술로 평가받는다. 그러나 너무도 익숙해진 이 둘의 공생 때문인지, 아니면 유난히 웅장하고 화려해지는 현대 건축 탓인지 쉽사리 판단하기는 어렵지만 실제로 도시에서 자연을 느끼기란 그리 수월치 않다. 물론 여기서 말하는 자연이란 이름 모를 풀부터 광장의 소나무 그리고 멀리 보이는 산과 하늘까지도 포함한다. 그런데도 도심에서 자연을 감각하기 쉽지 않다는 의미는 우리가 가지고 있는 사고의 한계를 엿볼 수 있는 부분이다. 쉴 새 없이 더 자극적이

고 흥미로운 이미지로 대체되는 자본사회 안에서의 자연도 예외는
아니다.

프랑스 풍경학자 알랭 로제에 따르면 풍경이란 "문명화된 자연이란
야생 상태로 보여주는 게 아니라 문화적 환경에 맞도록 자연을 만드
는 행위다." 그러니까 자연을 풍경으로 만드는 원예란 단순한 기술
을 넘어 미학적 가치를 내포한 예술이라 부를 수 있겠다. 요컨대 이
러한 원예술은 자연을 문명사회에 어울리도록 조율하는 기술이자 도
시라는 인공물의 집합체 속에서 흥미로운 자연 풍경이라는 미적 가
치를 생산하는 활동이다. 그렇다면 과연 이처럼 도심에 수많은 정원
과 공원이 조성되었다 해도 이상하리만큼 풍경이 우리 눈을 사로잡
지는 못한 이유가 무엇일까? 그 이유 중 하나는 무엇보다 인간의 시
각이 대상에 익숙해지면 사고를 멈춰버리기 때문일 터이다. 그런데
원래부터 풍경이란 의지로 볼 수 있는 게 아니기도 하다. 예를 들어
한 도시 연구가가 자신이 지나온 길을 되돌아볼 때 비로소 풍경이
나타났다는 회고는 풍경이 탄생하는 어떤 조건을 엿볼 수 있게 해준
다. 세계는 일정한 구조로 세워져 있고 인류의 삶은 반복과 순환으
로 이루어져 있다. 이렇듯 되풀이되는 삶을 신선하고 흥미로운 세계
로 변신시켜주는 것은 시인의 시선에 의해서다. 그것이야말로 예술의
사회적 역할이 아니겠는가. 그러니 콘크리트 유토피아에서 온몸으로
자연을 느끼고 풍경을 발견하려면 우연한 만남, 다름 아닌 자연과 인
간 사이의 '시적 감응'이 일어나야만 한다. 시인 장석주는 김훈의 여
행기 『자전거 여행 1』을 "자연과 그 자연에 기대어 사는 사람들의

흔적을 찾아가는 여로"라고 설명한다. 김훈의 첫 번째 자전거 여행기는 장관이 된 자연이 아니라 자연 속에서 느꼈던 경험을 또 다른 풍경으로 보았다. 한편 소설가 오르한 파묵도 이와 유사하게 자연과의 우연한 조우, 그 낯선 체험을 다음과 같이 묘사했다.

"우리는 멈춰 풍경을 바라보았다. (…) 우리 옆은 바로 절벽이었다. 아래는 바위, 바다, 안개 속에 묻혀 있는 다른 섬들, 푸르른 바다, 그 위를 비추는 눈부신 태양이 얼마나 아름다웠던지. 모든 것이 티 없이 맑고, 환하게 반짝이고, 제자리에 있었다."(오르한 파묵, 『다른 색들』 중에서)

그런데 왜 풍경은 느닷없이 나타나는 것일까? 마치 베네치아의 좁은 골목에서 운명의 짝을 만나고, 서로 다른 세대의 두 사람의 눈 맞춤과 서로에게 보내는 미소야말로 모든 것을 초월한 아름다움이라고 얘기한 밀란 쿤데라의 문장처럼 누구나 한 번쯤 우연히 자연이 자신의 눈을 사로잡고 뜻 모를 몸짓을 바라본 기억을 가지고 있을 것이다. 이러한 예상치 못한 마주침이 바로 풍경을 탄생하게 만들어준다. 원예가 박기철은 골목 어귀로 방향을 틀자 예전부터 알았던 것 같은 풍경의 느낌, 예컨대 자연의 소리와 냄새, 바로 잃어버린 기억의 향기를 떠올리게 하는 그런 장면을 일상 주변에서 발견한다. 이렇게 가려지거나 잃어버렸던 아련한 풍경을 사진에 담는다. 박기철은 주로 도시에서 맞닥뜨린 자연과의 교감에서 비롯된 글을 쓰고, 사진을 찍고, 식물을 만든다. 특히 그는 야생초목 본래의 모습을 찾아갈 수 있는 일종의 '부목 개념'으로 분재 기법을 활용한다. 일반적인 분재가

원자연의 모습을 축소해서 보여주는 것과는 차이가 있는 부분이다. 그의 원예술은 정형화된 자연의 형태를 재현하지 않고 각 식물이 갖고 있는 '자신의 모습'을 찾아준다. 이와 마찬가지로 박기철의 글과 사진은 자연에 관한 특별한 경험이나 웅장한 풍경이 아닌 일상의 일부가 소박하고 정겨운 자연의 모습부터 소외된 도심 자연 풍경을 주목한다.

이렇듯 다양한 매체와 방식을 이용해 자연과의 교감을 담은 기록과 작업들은 원예의 가능성이 어떻게 확장될 수 있을지를 보여준다. 특히 도시 한복판에 비밀 기지처럼 숨어 있는 가드닝 스튜디오 '식물의 취향'은 박기철 원예술의 핵심이다. 그는 식물을 고르는 것부터 식재 방법을 정해 식물이 도시라는 척박한 환경에서 살아갈 수 있는 조건을 만드는 것이야말로 원예술의 기본이라고 말한다. 그는 식물을 신줏단지 모시듯 애지중지하는 건 오히려 실패의 지름길이라 조언한다. 아이를 훈육하는 방법은 아이의 모든 행동에 반응하지 않고 과보호하지 않고 오히려 3세 이전부터 공동생활을 경험하게 해주는 게 바람직하다는 육아 전문가의 조언처럼 말이다. 사진 역시 그가 식물을 대하는 자세와 다르지 않다. 장소와 시간, 공기의 흐름 및 빛의 강도와 방향, 대상의 표정 모든 게 사진이 되는 조건이다. 처음부터 어떤 의도를 가지고 관찰하지 않는 건 나름의 원칙이 되었다. 훌쩍 여행을 떠나고 도시를 배회하고 일상의 주변에서 우연히 익숙하고 흔한 존재들이 갑작스레 눈에 들어올 때가 있다. 바로 그때를 포착하거나 아니면 그 순간을 기억해놓은 뒤 다시 이 우연한 만남이

식물의 취향

도래하길 기다리는 건 사진을 찍을 때나 식물을 다룰 때나 마찬가지다. 그에게 원예란 생명과 죽음, 성장하는 식물과 정물이 된 식물, 서로 다른 품종 간의 조화, 분재 기법을 활용해 "자연을 만드는 자연"을 찾아가는 과정과 다름없다.

이러한 원예술은 살아 있는 조각에 가깝고, 시적 관점으로 보면 식물의 몸짓이라고 해석할 수 있겠다. 한편 이렇듯 조형을 통해 숨은 가치를 찾아가는 과정은 "낱말의 원의미를 되찾는 것이 바로 시작試作의 이유"라고 한 보르헤스의 명언을 떠올리게 한다. 그렇다면 글은 원예와 어떤 관계를 맺는 것일까? 박기철의 글쓰기는 사진이나 원예와 같은 '언어 바깥'의 작업들을 일상의 기억과 이어주는 고리가 된다. 그렇게 식물의 취향은 말 그대로 삶과 일, 일상과 자연, 개인과 문화, 과거와 현재를 엮어 미래라는 가능성의 매듭을 만들어 획일적인 화훼 산업에 의해 납작해진 시장의 현실에서 벗어나 동시대 원예가 나아갈 하나의 갈래를 제안한다.

정현(인하대 교수, 미술비평)

사진 목록

식물의 취향

식물의 취향

사진 목록

식물의 취향

ⓒ 박기철

초판 인쇄 2017년 3월 17일
초판 발행 2017년 3월 24일

지은이   박기철
펴낸이   강성민
편집장   이은혜
편집   박세중 박은아 곽우정 한정현 김지수
편집보조 이수민
마케팅   이연실 이숙재 정현민
홍보   김희숙 김상만 이천희

펴낸곳   (주)글항아리
출판등록 2009년 1월 19일 제406-2009-000002호
주소   10881 경기도 파주시 회동길 210

전자우편 bookpot@hanmail.net
전화번호 031-955-8891(마케팅) 031-955-2663(편집부)
팩스   031-955-2557

ISBN   978-89-6735-419-0 03810

* 글항아리는 (주)문학동네의 계열사입니다.
* 이 도서의 국립중앙도서관 출판예정도서목록(CIP)은 서지정보유통지원시스템 홈페이지
(http://seoji.nl.go.kr)와 국가자료공동목록시스템(http://www.nl.go.kr/kolisnet)에서 이용
하실 수 있습니다. (CIP제어번호 : CIP2017006021)